¿Cómo dicen ESTOY ENOJADO los dinosaurios?

BEIPIAOSAURUS

PACHYRHINOSAURUS

SAUROPELTA

AFROVENATOR

BARAPASAURUS

SCAPHOGNATHUS

SAUROLOPHUS

LYSTROSAURUS

ALBERTOSAURUS

THECODONT

BEIPIAOSAURUS

PACHYRHINOSAURUS

SAUROPELTA

AFROVENATOR

BARAPASAURUS

SCAPHOGNATHUS

SAUROLOPHUS

ALBERTOSAURUS

THECODONT

LYSTROSAURUS

JANE YOLEN

¿Cómo dicen ESTOY ENOJADO los dinosaurios?

Ilustrado por

MARK TEAGUE

SCHOLASTIC INC.

Todos nos enojamos en algún momento, tanto los hijos como los padres. Nos enojamos cuando nos asustamos o cuando queremos algo que no podemos tener o cuando estamos enfermos o cuando queremos ser desagradables. Estar enojado puede asustarnos y entristecernos. Pero hay muchas maneras de aprender a controlar nuestro mal genio, tal y como lo hacen los dinosaurios en este libro. Algunos cuentan hasta diez, otros buscan un lugar donde estar solos y otros respiran profundo. Luego, cuando los dinosaurios se calman, recogen lo que tiraron, dicen "lo siento" y dan abrazos. Igual que tú.

Originally published in English as *How Do Dinosaurs Say I'm Mad?*

Translated by Juan Pablo Lombana

Text copyright © 2013 by Jane Yolen · Illustrations copyright © 2013 by Mark Teague

Translation copyright © 2014 by Scholastic Inc. All rights reserved.

ISBN 978-0-545-62780-1

12 11 10 9 8 7 6 5 4 3 2 1   14 15 16 17 18 19/0

Printed in the U.S.A.   40

First Spanish printing, January 2014

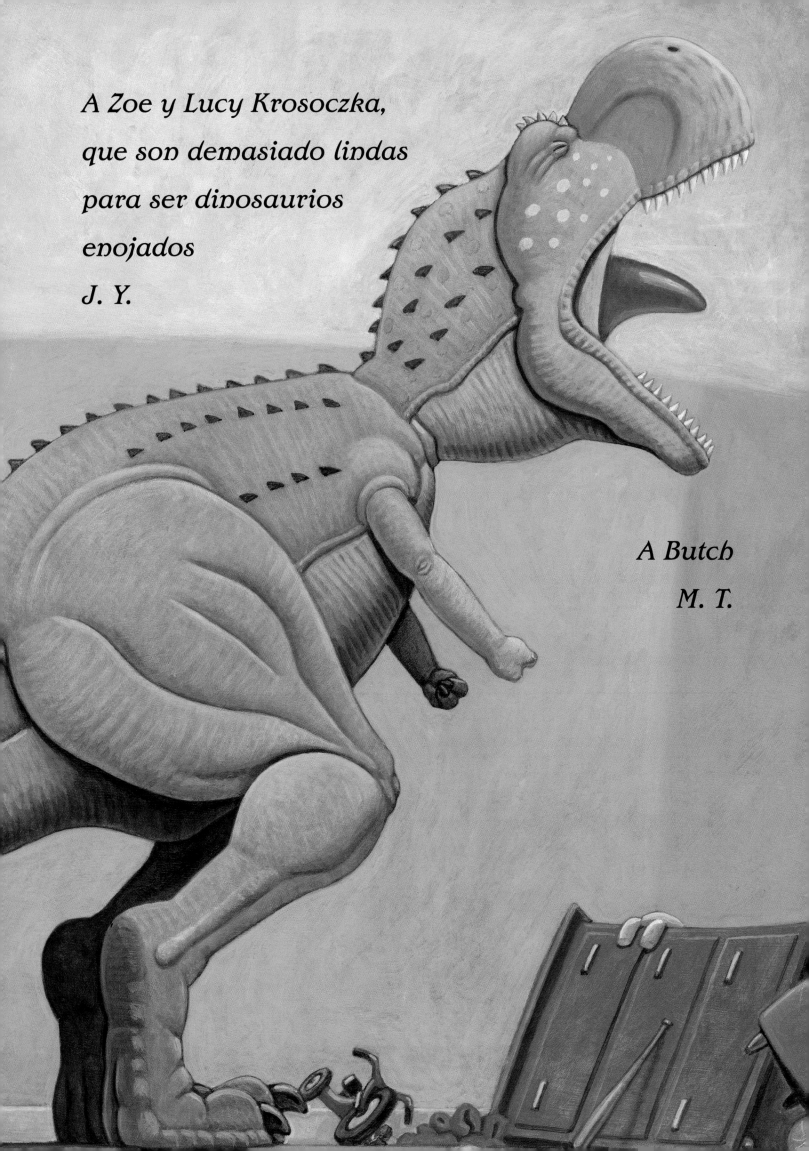

¿Qué hace un dinosaurio

cuando está enojado?

BARAPASAURUS

¿Acaso ruge,

tira la puerta

y les grita a sus padres

descontrolado?

PACHYRHINOSAURUS

Si no puede hacer lo que quiere,
¿amenaza diciendo "Seré malvado"?
¿Eso dice un dinosaurio
cuando está enojado?

Cuando papá dice "¡No!",
¿se pone a gruñir
y hace pucheros?

Cuando mamá dice "¡No!",
¿lo tira todo al suelo
y hace un reguero?

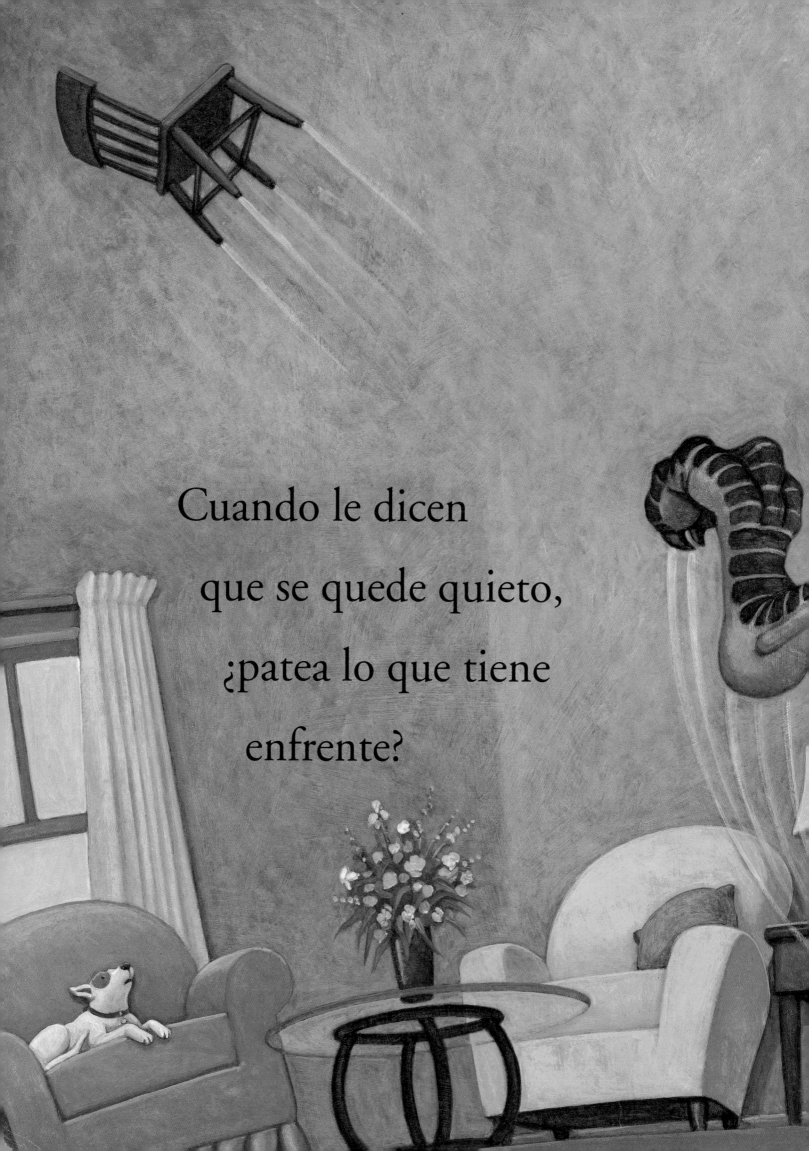

Cuando le dicen
que se quede quieto,
¿patea lo que tiene
enfrente?

¿Y luego ignora

a papá y a mamá

completamente?

Cuando oye decir "Hora de la siesta",
¿golpea el suelo con una pata?
Cuando le dicen "¡Cálmate!",
¿todos sus libros desbarata?

¿Que no hay galletas?
¡Con furia le tira
al gato una taza!

"¡Es hora de dormir!"
¿Agarra un bate a ver
qué despedaza?

No...
un dinosaurio
no hace nada
de eso...

cuenta hasta diez,
va despacio a sentarse,
respira profundo
y empieza a calmarse…

limpia el reguero

y recoge la taza.

Dice

"Lo siento mucho",

y a su mamá

abraza.

Abre la puerta

con mucho cuidado.

"¿No estás enojado?
Qué alegría me das,
mi dinosaurio adorado".

BEIPIAOSAURUS

SAUROPELTA

PACHYRHINOSAURUS

AFROVENATOR

SCAPHOGNATHUS

BARAPASAURUS

SAUROLOPHUS

LYSTROSAURUS

ALBERTOSAURUS

THECODONT

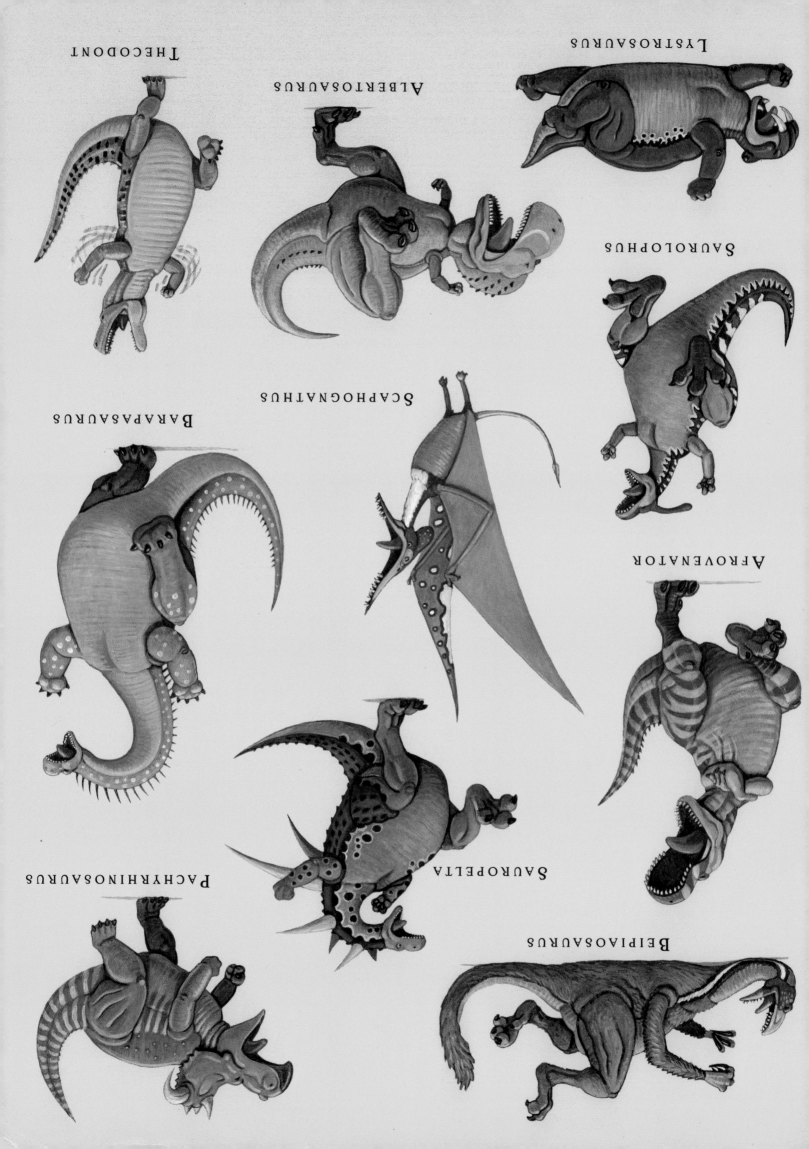

THECODONT

ALBERTOSAURUS

LYSTROSAURUS

SAUROLOPHUS

BARAPASAURUS

SCAPHOGNATHUS

AFROVENATOR

PACHYRHINOSAURUS

SAUROPELTA

BEIPIAOSAURUS